Vente par suite du Décès de M. BER

LE SAMEDI 26 DÉCEMBRE 1868

MEUBLES D'ART

OBJETS DE CURIOSITÉ

FAÏENCES, PORCELAINES, ETC.

Me FONTAINE et Me Henri LECHAT, Commissaires-Priseurs

M. FEBVRE, Expert

PARIS — 1868

RENOU ET MAULDE

IMPRIMEURS DE LA COMPAGNIE DES COMMISSAIRES-PRISEURS

Rue de Rivoli, 144

CATALOGUE

DE

MEUBLES D'ART

ET

OBJETS DE CURIOSITÉ

Tentures et Tapisseries, Pendule, Candélabres, Lustres, Chenets, Lit, Bureau, Meuble de salon en bois sculpté, Armoire Louis XIII.

MEUBLES EN ÉBÈNE ET IVOIRE

Travail Milanais

Superbe Guéridon en faïence, autres Objets en faïence
Porcelaines anciennes, etc,

DONT LA VENTE PUBLIQUE AURA LIEU

Par suite du Décès de M. BER

HOTEL DES VENTES

RUE DROUOT, SALLE N° 1

Le Samedi 26 Décembre 1868

A DEUX HEURES PRÉCISES

COMMISSAIRES-PRISEURS :

Me FONTAINE
rue Drouot, 34

Me HENRI LECHAT
rue Baudin, 6

M. FEBVRE, Expert
rue Saint-Georges, 14

EXPOSITION PUBLIQUE

Le Vendredi 25 Décembre 1868, de 1 heure à 5 heures

PARIS — 1868

CONDITIONS DE LA VENTE

Elle sera faite au comptant.

Les Acquéreurs paieront CINQ POUR CENT en sus du prix d'adjudication.

DÉSIGNATION DES OBJETS

Meubles d'art et autres

1 — Très-belle Table en bois d'ébène incrusté d'ornements en ivoire, travail milanais.

2 — Douze Chaises en ébène richement incrusté d'ivoire ; travail milanais ; elles sont couvertes en cuir imitant le Cordoue.

3 — Très-beau Meuble hollandais de l'époque de Louis XIII, orné de panneaux avec moulures et incrustations de fleurs en marqueterie de bois.

4 — Très-beau Lit en bois sculpté, garni de ses rideaux en satin bleu broché.

5 — Table en bois d'ébène, avec filets d'ivoire incrusté.

6 — Meuble de salon en bois sculpté, couvert en damas vert, composé d'un canapé à trois médaillons, de deux fauteuils et de six chaises.

7 — Deux Torchères en bois sculpté et peint : Nègre et Négresse supportant des candélabres.

8 — Bureau en bois sculpté.

9 — Fauteuil de bureau en bois sculpté.

10 — Petit Tabouret en bois sculpté.

11 — Horloge de l'époque de Louis XIII, avec entablement, ornée de colonnes en marbre et de plaques en mosaïque de Florence.

11 bis — Table en bois sculpté.

Étoffes et Tentures

12 — Huit Rideaux en satin bleu broché de blanc.

13 — Huit Portières en anciennes tapisseries.

14 — Douze Rideaux en soie de la Chine.

15 — Six Rideaux en reps vert.

16 — Plusieurs Tapis d'appartement, imitant les tapis de Smyrne.

Objets en bronze et en fer, Lustres, etc.

17 — Deux Candélabres en bronze doré, ornés de cristaux de roche et de Boules en verre; cinq lumières.

18 — Grand Brazero en cuivre tourné, ornements à jour; travail oriental.

19 — Jardinière en cuivre, de forme élégante.

20 — Petit Réchaud en cuivre repercé à jour.

21 — Grande Cafetière à goulot en cuivre repoussé, de l'époque de Louis XIII.

22 — Petite Pendule Louis XVI en biscuit blanc et bleu, sujet à deux personnages : l'Amour et l'Innocence.

23 — Petit Lustre en bronze orné de cristaux.
24 — Grand Lustre vénitien en cuivre orné de cristaux.

25 — Chenets en cuivre et à cariatides; style de Louis XIII.

26 — Une Lanterne d'antichambre en fer forgé.

27 — Support d'antichambre en fer forgé.

27 bis — Deux Chenets en cuivre, style Louis XIII.

______

Objets divers

28 — Deux très-beaux Bas-reliefs en bois sculpté : l'un représente la Nativité; l'autre, l'Adoration des Mages; riches encadrements rocailles.

29 — Groupe en terre cuite; trois personnages.
30 — Deux Statuettes en terre cuite : Flore et Zéphir.

31 — Deux Flambeaux en bois sculpté.

______

Porcelaines diverses

32 — Déjeuner en porcelaine de Saxe de l'époque
de Louis XVI, composé d'une chocolatière,
cafetière, sucrier, pot au lait et dix tasses
à anse avec soucoupes; toutes ces pièces
sont dorées, brunies en dedans; l'extérieur
est avec palmettes en relief et sujets également en relief et doré ; chaque pièce représente un sujet différent : Femmes an-
tiques faisant des sacrifices, Combats de
guerriers romains, Bacchanales, Jeux d'enfants, etc.

33 — Oiseau perché en porcelaine de Satzuma.

34 — Soupière en porcelaine du Japon.

35 — Corbeille à jour en porcelaine.

36 — Deux Figurines en biscuit de porcelaine.

37 — Plusieurs Statuettes en porcelaine blanche
émaillée, des fabriques de Vienne ou
allemandes.

Faïences italiennes et autres

38 — Grand et magnifique guéridon en faïence
italienne, imitation de la faïence d'Urbino.
Cette pièce moderne, d'un travail excep-
tionnel, offre sur le dessus, en émaux de

couleurs, plusieurs médaillons d'arabesques avec têtes d'empereurs, et un autre médaillon représentant Apollon et les Muses; autour du support est un groupe d'enfants en ronde-bosse; sur les quatre pans, à la base, sont des sphinx accroupis également en ronde-bosse et en faïence.

39 — Jardinière en faïence della Frata, décorée en rouge, et vert d'ornements et d'imbrications ; au revers sont les armoiries de la famille des Médicis.

40 — Deux Saucières en faïence de Castel-Durante.

41 — Pot en ancienne faïence italienne, émail vert; au-dessus du goulot est un médaillon avec buste d'Amour en relief.

42 — Pomme de Pin en faïence italienne.

43 — Petite Salière en faïence italienne, ornée de figures d'enfants et de blasons.

44 — Pot à anses et à trois goulots, en faïence italienne.

45 — Deux Salières à cariatides, en faïence d'Urbino.

46 — Deux Vases de différentes formes en faïence d'Avignon.

47 — Très-belle Aiguière en faïence de Delft, décor bleu, genre de Rouen.

48 — Grand Vase à pans et à anses, ancienne faïence de Rouen, décor bleu.

49 — Vase sur un rocher entouré d'arbustes et de fleurs en faïence de Venise.

50 — Lapin en faïence.

TABLEAUX ANCIENS ET MODERNES

BELLANGÉ (1833).

51 — Grenadier de la vieille garde assis sur un
tertre, crayon rouge.

BOILLI.

52 — Portrait de Mlle Contat de la Comédie Fran-
çaise, crayon.

BOUCHER (D'après).

53 — Jupiter et Léda.

54 — Diane et Calisto.

55 — Le Sommeil de Vénus.

56 — La Déclaration.

BREUGHEL (P. Attribué à)

57 — Allégorie du Chant et de la Musique.

58 -- Allégorie du Printemps.

CALLOT.

59 — Halte de Bohémiens.

CARRACHE (Louis. Attribué à).

60 — La Vierge apparaissant à saint Jean.

CIGNANI (Carlo).

61 — Le Sommeil de Jésus ; l'Enfant est endormi
sur les genoux de sa mère, saint Joseph est
en contemplation, derrière la Vierge est un
berger.

DOLCI (Carlo. École de).

62 — La Madeleine repentante , figure de grandeur
naturelle.

GÉRARD (Mlle).

63 — Jeune Femme assise sur un canapé.

GIORDANO (Luca).

64 — Massacre des Concubines de Mithridate.

LAGRENÉE

65 — Le Sommeil de Cupidon.

LANCRET (D'après).

66 — Le Colin-Maillard.
67 — Le Concert champêtre.
68 — Repas champêtre.

LAWRENCE (D'après).

69 — Deux gravures en couleur, Scènes amou-
reuses.

LÉPICIÉ.

70 — *Vieillard assis devant une marmite et préparant son repas ; à terre sont des légumes épars.*

LEMOINE (Attribué à).

71 — Vénus et l'Amour.

LEPRINCE.

72 — Deux projets de panneaux décoratifs, personnages chinois entourés d'arabesques.

MAETENS.

73 — Majordome et Serviteurs dans un garde-manger.

RUBENS (Attribué à).

74 — *L'Enfer du Dante*, grisaille.

RUBENS (D'après).

75 — Le Triomphe de la régence sous Catherine de Médicis.

MEYERS.

76 — *Combat près d'une ville fortifiée.*
Composition capitale.

77 — Sac d'un village par les troupes espagnoles.

TINTORETTO (Rabusti).

78 — *Médée rajeunissant Jason.*

VERDIER.

79 — Vénus et Adonis.

INCONNU.

80 — Vénus et l'Amour, aquarelle.

ANCIENNE ÉCOLE ALLEMANDE.

81 — Jésus portant sa croix.

ANCIENNE ÉCOLE ALLEMANDE.

82 — Pilate se lavant les mains devant les juges assemblés.

ÉCOLE VÉNITIENNE.

83 — *Nymphe endormie dans un paysage.*

ÉCOLE FRANÇAISE MODERNE.

84 — *Jeune Fille endormie*, aquarelle.

ÉCOLE FRANÇAISE.

85 — Cuisinière et couple amoureux.

86 — Deux Cadres contenant des gravures anciennes.

87 — Sous ce numéro les objets omis.

Renou et Maulde, imprimeurs de la Compagnie des Commissaires-Priseurs, rue de Rivoli, 144.   20073